AF581931

Famille décomposée
Les liaisons de cause à effet

Régis Simonnet

Famille décomposée

Les liaisons de cause à effet

Roman

LE LYS BLEU
ÉDITIONS

© Lys Bleu Éditions – Régis Simonnet

ISBN : 979-10-377-5093-8

Le code de la propriété intellectuelle n'autorisant aux termes des paragraphes 2 et 3 de l'article L.122-5, d'une part, que les copies ou reproductions strictement réservées à l'usage privé du copiste et non destinées à une utilisation collective et, d'autre part, sous réserve du nom de l'auteur et de la source, que les analyses et les courtes citations justifiées par le caractère critique, polémique, pédagogique, scientifique ou d'information, toute représentation ou reproduction intégrale ou partielle, faite sans le consentement de l'auteur ou de ses ayants droit ou ayants cause, est illicite (article L.122-4). Cette représentation ou reproduction, par quelque procédé que ce soit, constituerait donc une contrefaçon sanctionnée par les articles L.335-2 et suivants du Code de la propriété intellectuelle.

Riton, qui se dit « rangé des autos », habite au bout du chemin de la Digue, au Ranquet. Ce petit bout de paradis d'Istres, connu des anciens du « milieu marseillais » qui l'ont habité avant et après la dernière guerre. L'histoire rappelle que le Ranquet a été le domicile officiel, peu ou prou, de dames de « bonne compagnie », comme on se plaît à le dire. C'est ainsi que Mado est apparue dans le quartier en 1975. Elle a donné naissance à deux enfants, dont Jean-Baptiste, dit « Jeanba », il y a 34 ans. Il est aujourd'hui éducateur spécialisé dans une association prenant, notamment, en charge les personnes « addictes ». Le frère de Mado, Francis, est un parlementaire reconnu des Bouches-du-Rhône, collant à l'histoire du département et des villes majeures depuis 30 ans. Son fils, Emmanuel, dit « Manu », cousin de Jeanba, de deux ans son aîné, est inspecteur de police à l'Évêché, en attente d'une promotion promise pour quitter Marseille et rejoindre le « 36 » à Paris, au sein de la PJ (Police Judiciaire).

La saga débute sur cette présentation d'une famille qui n'a pas que l'apparence d'une communauté de personnes réunies par des liens de parenté. Cette famille est surtout une institution juridique, économique et sociale. Son territoire est celui du « pas vu, pas pris », aromatisé au piège qui se referme sur soi.

Chapitre 1
Éducatif

Il est demandeur d'asile, tchétchène, âgé de 25 ans, arrivé à Marseille il y a deux ans. Le symbole de son pays est le loup. Le loup personnifie l'endurance, le courage, la fierté, la dignité et surtout la liberté. Aslan K. est un loup.

Il n'est pas question de parler à Jeanba de son addiction pour l'alcool… mais aussi pour quelques drogues dures. Certaines engendrent une dépendance physique ou psychologique. L'usage de celles-ci a pour conséquences de profondes perturbations physiques ou mentales. Pour désigner les substances ayant un effet sur le système nerveux, on parle plus généralement de psychotrope. Aslan K. souffre globalement de l'ensemble des maux. Il est dépendant de tous ces produits qui l'anéantissent. L'alcool a façonné le terrain. L'alcool est une substance psychoactive à l'origine de cette dépendance globale.

Elle est également une substance toxique induisant des effets néfastes sur sa santé. « L'alcool dépendance » est à l'origine des dommages physiques et psychiques d'Aslan. Les psychotropes supplémentaires ont altéré ses fonctions du cerveau, des modifications de sa perception, de ses sensations, de son humeur, de sa conscience et d'autres de ses fonctions psychologiques et comportementales.

L'OFII (Office français de l'immigration et de l'intégration) a pris en compte la demande d'asile d'Aslan. Sur le plan administratif, Aslan a eu deux interlocuteurs : la Préfecture de Marseille, qui a statué sur ses conditions de séjour en France pendant l'étude de sa demande d'asile et l'OFPRA (Office français de protection des réfugiés et apatrides), qui a étudié les motifs de sa demande. Dans le cadre d'une procédure prioritaire, l'OFPRA devait répondre à celle-ci sous moins de trois semaines. Aslan a vu sa demande rejetée. Il attend maintenant depuis quinze mois une date d'audience en Cour d'appel d'Aix-en-Provence. Depuis, il se trouve en situation irrégulière sur le territoire français. Il vit dans l'anxiété quotidienne d'un retour en Tchétchénie. L'adresse postale connue des services de la Préfecture est celle « d'Extases de vie », association où Aslan revient pour la douzième fois rencontrer Jeanba, éducateur spécialisé. Il ne peut donc pas y avoir de courrier égaré. Son avocat recevra également une copie de la convocation.

En rentrant en Tchétchénie, Aslan s'attend à trouver la mort. Le mercredi 25 mars 2009, vers 7 h 30 du matin à Grozny, le défenseur du centre des Droits de l'Homme Mémorial : Akhmad R. a été enlevé en sortant de son domicile. Il a été retrouvé mort quelques heures plus tard en Ingouchie, atteint de deux balles dans la tête et la poitrine. Le 12 août 2009, le meurtrier a été puni par une faction rebelle. Il a été retrouvé pendu à un arbre bordant les rives de la Sunzha. Aslan était un membre actif de ce groupe. Recherché, il a fui le pays avec le souvenir du 1° octobre 1999. Ce jour-là, les troupes russes pénètrent sur le territoire tchétchène. Les parents d'Aslan furent tués. Ses 2 sœurs également, après avoir été violées. Le commandant russe a obligé Aslan, alors âgé de 13 ans, à assister au massacre, puis l'a amputé d'une main. Il a grandi avec l'idée de la vengeance. Elle interviendra par un retour construit avec l'OFII, au gré d'une formation politique et sociale qu'il rêve de mettre en œuvre à l'Institut des Sciences Politiques d'Aix-en-Provence. La violence physique n'est pas l'arme fatale. Prendre le pouvoir, auprès des leaders tchétchènes et renvoyer les dirigeants Russes chez eux, avec l'appui de l'ONU (Organisation des Nations Unies) est l'arme souveraine. Aslan est un loup.

Jeanba complète la fiche de visite. Une fois de plus, Aslan distancie son rapport aux psychotropes. Il croit développer des vertus de courage et de fierté en présentant une volonté de rédemption. Il met l'accent sur l'aspect divin du mystère du salut de l'homme. Aslan est croyant. Il veut retrouver la liberté de son corps et de son esprit. La « Liberté » qui active la faculté d'agir selon sa volonté. Jeanba lui répète souvent que ceci n'est possible qu'en fonction des moyens dont on dispose, sans être entravé par le pouvoir d'autrui. Qu'en cela, le pouvoir d'autrui existe. Il faut se rendre à l'évidence, dès lors qu'à chaque rencontre, à chaque appel téléphonique, Aslan s'exprime d'une voix hachée et presque inaudible. Les produits ont le pouvoir et l'état général de sa santé se dégrade.

Un point essentiel de cet échange va cependant propulser l'avenir de tous vers des horizons à la trame dramatique. Pour la première fois, il est question de peurs et d'anxiétés plurielles. Aslan les verbalise. Le travail éducatif peut alors commencer… voire plus ?

Chapitre 2
Instructif

Mado a eu une première fille, Sophie, en 1974. Elle est morte en 1996, porteuse du VIH (virus de l'immunodéficience humaine) sans avoir pu bénéficier des avancées de la trithérapie. Savoir son second enfant, Jeanba, éducateur spécialisé diplômé, aux côtés des plus précaires, des plus souffrants, « des personnes handicapées sociales » comme elle dit, est assurément une fierté qu'elle exprime en relevant la tête et en ouvrant les yeux plus grands qu'à l'accoutumée.

Le haut de son corps n'a pas toujours exprimé ce sentiment. Dans le milieu des années 60, Mado exerçait rue Thubaneau, quartier Belsunce, avec d'autres très nombreuses prostituées en faction sur le seuil des portes ou sur les capots des véhicules en stationnement. Sa seule mobilité fut de s'installer, en 1968, rue du Tapis vert, à l'angle de la rue Longue des Capucins, soit à quarante mètres du premier emplacement.

La rue Thubaneau était réputée pour être un lieu où sévissaient les maquerelles. Entre 1946 et 1976, douze des dix-neuf hôtels borgnes que comptait la rue ont appartenu à des femmes. Qui ne se souvient pas des hommes à la mine patibulaire se pavanant dans la rue ? Tiraient-ils les ficelles ? L'une des taulières était divorcée et trois autres étaient veuves. Alors que l'on devinait souvent la présence d'hommes à leurs côtés, il était clair qu'elles servaient en fait d'intermédiaires. Les tenancières employaient aussi des guetteurs, appelés « gaffes. » Ceux-ci se postaient à chaque extrémité de la rue et prévenaient les tenancières de l'arrivée d'une descente de police par exemple. Cette fonction était tenue par des travestis ou des prostituées à la retraite, logés et nourris en échange de leurs services. Ces dernières guettaient plutôt à la fenêtre. Les travestis remplissaient aussi occasionnellement une autre fonction : les femmes y avaient recours lorsque le client demandait « une spécialité » qu'elles ne pouvaient ou ne voulaient pas faire. Elles prélevaient alors une commission sur la passe cédée au collègue.

Mado appartenait à Gina, la tenancière divorcée de l'hôtel du 21 de la rue Thubaneau. Gina était l'intermédiaire de Riton. Il aurait pu également portait le sobriquet de « la classe ». 1m90, 90 kilos, costume gris ou bleu anthracite, sur un gilet au ton inversé. Les cheveux gominés, coiffés en arrière.

Mado la blonde était bien plus que protégée par Riton. Ni Sophie ni Jeanba n'ont ignoré la présence de Riton dans le giron familial. Ils l'ont toujours aimé comme un parrain. Leur père, Gilbert, et lui étaient les meilleurs amis du monde jusqu'à la mort du papa, en 1977, quelques semaines avant la naissance de Jeanba. Parrain a toujours apporté amour et équilibre fondateurs à la famille.

Gilbert, est né Saniyya. Le prénom occidentalisé est Sophie. Il est pris comme transcription du prénom arabe, signifiant « élevée, haute, sublime ». Gilbert avait suivi un traitement hormonal pour viriliser son attitude : quelques pigments de barbe, un torse plus développé, alors que jamais il n'avait eu une poitrine proéminente. L'essentiel était surtout d'être enfin l'homme qu'il était depuis l'adolescence et le début de l'âge adulte. C'est un moment particulièrement difficile pour les personnes transsexuelles ou transgenres. C'est celui où elles se sentent le plus en décalage et isolées des autres. C'est aussi le moment où se pose pour la première fois la question de savoir si elles ont l'envie, le désir et la force d'accepter leur différence comme une richesse. Gilbert s'était posé les bonnes questions mais il n'a jamais reçu les réponses justes. Il était transsexuel. Quand on grandit comme cela, on espère très longtemps qu'un beau matin on va se réveiller avec un corps, quant à lui enfin juste. Après ce matin-là, il a fallu survivre plus que vivre. Guetter, être « gaffe » de Gina, a permis de manger et dormir décemment. Seule Sophie aurait pu partager un peu de souvenirs du parcours difficile de son papa. Elle était trop petite lorsqu'il est mort.

Cette vie a été très difficile, faite de souffrances, mais aussi d'espérances. Tout avait commencé par la fuite dans les rues de Paris pour ne pas mourir pendant le massacre des Algériens des 17 et 18 octobre 1961. Ce qui fut qualifié de ratonnade à l'époque fit des dizaines de morts ; les estimations varient de trente à plus de deux cents. Abdelkader, le père de Saniyya, compte parmi ses disparus de la honte. Un tract reprenait : « n'oubliez pas, la police assassine… et elle est couverte ».

Saniyya arrive à Marseille à l'âge de 9 ans. L'oncle de Mado, alors commissaire de police, va la recevoir dans son bureau des locaux du 15° arrondissement, pour chapardages. L'idée de voir Mado et Saniyya devenir amies ne lui est pas venue naturellement. C'est lors de la colonie de vacances des enfants du Secours Populaire, sise dans le col Bayard, que cette amitié s'est soudée. Le Bayard est situé à 1 248 mètres d'altitude. Il est l'un des principaux points de franchissement de la ligne de partage des eaux entre le bassin de la Durance, par son affluent la Luye et celui de l'Isère, par son affluent le Drac. Il est à huit kilomètres au nord de Gap et quatre-vingt-dix au sud de Grenoble. Lors d'une cordée de la face Nord, pour franchir par les voies naturelles le passage entre Luye et Drac, le moniteur a vu Saniyya retenir Mado. Elle dérapait vers un premier rocher qui l'aurait certainement tuée. L'encordement devait, dans le cas de cette sortie en moyenne montagne, être directement sur le baudrier avec un nœud de chaise ou un nœud de huit, sauf pour celui du milieu qui peut s'encorder avec une tête d'alouette. Le nœud de tête d'alouette est un nœud d'accroche. Il est utilisé essentiellement pour attacher un cordage à un crochet ou à un anneau. Pour être efficaces, les deux brins doivent être soumis à une tension équivalente, faute de quoi il risque de glisser. C'est ce qui est arrivé. L'étonnante force de Saniyya s'est substituée à l'encordement au moment de la rupture du cordage.

Quand il est apparu que Saniyya, après trois tentatives de suicide, ne vivrait que lorsque sa transidentité lui permettrait de se sentir comme ayant une identité de genre opposée à son sexe physique de naissance, Marceau, l'oncle commissaire de Mado a rattaché la cordée. Il a usé de ses relations et permis à Saniyya de devenir Gilbert, doté d'une carte d'identité jusqu'alors inespérée. Marceau a donné à Gilbert la vie, que d'un temps il avait sauvée de Mado. Ces deux-là ont vieilli ensemble. L'amitié et l'amour se sont confondus dans une relation asexuelle. Amour rime alors avec écoute, tendresse et partage. Les enfants de Riton sont les progénitures de cet amour partagé.

Comment faire pour obtenir une telle identité ? Les solutions dépendent-elles de filières obscures ?

Marceau pouvait investir le réseau du Cours Julien à Marseille ou encore celui de la Porte de Montreuil à Paris, grâce à des « indics » payés en échange par quelques produits à revendre ou un peu d'argent ? Le commissaire était bien plus prudent. C'est le frère de Marceau, Lucien, papa de Mado, qui se chargea de la procédure particulière.

Un faussaire installé autour de l'Étang de Berre fabriquait de faux documents (justificatifs de domicile, factures EDF, actes de naissance, etc.) et chargeait deux rabatteurs, « les commerciaux de l'équipe », de prospecter des clandestins dans les communautés africaine, chinoise, mauricienne et turque. Ceux-ci pouvaient alors, grâce aux faux documents du faussaire, se faire établir en mairie et en préfecture de véritables passeports et cartes d'identité, à condition de débourser soixante mille francs de l'époque (9000, €) destinés à la filière. Lucien était chef de chantier. Il connaissait les « commerciaux » en activité.

Plus tard, il a refusé d'employer trois clandestins en attente de faux papiers. Il mourut d'un accident de travail en chutant de plus de quinze mètres. L'échafaudage venait d'être contrôlé par une société dont la liquidation était entérinée, depuis plus de trois mois au Tribunal de commerce.

Le frère de Mado, Francis, voulait alors devenir policier. Pas comme tous les petits garçons, qui rêvent aussi aux métiers de pompier, quelquefois de médecin pour avoir connu celui de la famille et avoir été si souvent soignés pour pouvoir jouer au foot avec les copains du quartier de La Rose à Marseille. Il voulait être un grand policier pour venger un père, qu'il n'a jamais cru imprudent, voire trop pressé d'escalader quelques étages de tubes d'acier, en façade d'un vieil immeuble en travaux de rénovation. Francis est finalement devenu élève de « Sciences Politiques » pour rejoindre le cabinet d'un ministre notoire. Ce fut un début de carrière politique dont il épousera les droits et les devoirs. Ce fut aussi l'occasion de ne pas exercer un métier aux seules fins de vengeance.

C'est son fils, Emmanuel, dit Manu, cousin de Jeanba, de deux ans son aîné, qui après un bac scientifique au Lycée Thiers à Marseille, put intégrer l'École de police de Nîmes. Aujourd'hui, inspecteur à l'Évêché, édifice majeur de la ville de Marseille, il attend une mutation « au 36 Quai des Orfèvres » à Paris, qui ne doit rien à son illustre régionale. Une formation, acquise en filière interne à l'ESPN (École Supérieure de la Police Nationale), située à Saint-Cyr-au-Mont-d'Or, commune limitrophe de la ville de Lyon. Elle lui permet de prétendre au grade de commissaire. La formation d'un élève commissaire se compose : d'un socle en alternance de dix-huit mois, individualisé en fonction des acquis. Ceci offre, en outre, la possibilité de préparer un master 2 « sécurité intérieure ». Cette phase se termine par la soutenance d'un mémoire, deux épreuves professionnelles et le choix du poste. Enfin, par une période personnalisée d'adaptation à l'emploi, principalement grâce à un stage accompagné sur un poste similaire à celui choisi.

Commissaire de la PJ (Police Judiciaire). Voilà le choix de Manu qui l'a amené à un stage en banlieue parisienne. Il a été acteur et témoin d'une vision sombre des missions de la police. Les jeunes d'une banlieue ordinaire qui traînent leur ennui et leur jeunesse qui se perd. Des nuits d'émeutes provoquées par le passage à tabac de l'un des leurs, par un inspecteur de police trop impulsif, lors d'un interrogatoire. Des trafics organisés, structurés depuis des recrutements d'adolescents après des décrochages scolaires et des ruptures familiales.

Le travail de son cousin Jeanba s'adresse majoritairement aux publics en difficulté financière et/ou sociale ou marginalisés ayant, notamment, des problèmes d'insertion liés à l'âge, voire à l'origine sociale. Ce métier reste symboliquement une activité très importante dans l'expression de la solidarité entre tous. Les moyens octroyés ont pour source principale des budgets d'État ou de Collectivités territoriales. Rien que ces éléments rapprochent plus qu'on ne le pense, Jeanba et Manu… d'autres fusionneront leurs univers respectifs.

Chapitre 3
Palliatif

Cet adjectif propose une définition souvent associée à la médecine. Ainsi, il peut caractériser ce qui écarte provisoirement d'un problème mais ne le résout pas.

L'histoire de l'introduction de la « blanche » reste une des principales démonstrations des actions palliatives de notre époque.

Beaucoup d'héroïnomanes n'ont connu que la « brown ». Héroïne allant de la couleur marron clair ou foncé jusqu'au rose très clair. Depuis quelque temps, il y a de la « blanche ». Cette dernière est beaucoup plus forte et beaucoup plus addictive. La remontée vers Lyon, puis Genève, est réalisée après transformation depuis des laboratoires provençaux. Nous retrouvons le faussaire de l'Étang de Berre, aux capacités professionnelles diversifiées. Il est aussi est un « chimiste » de tout premier plan.

Vers le milieu des années 1960, Gilberto R. entre dans la direction du « Banco de Santander » dont il est le principal actionnaire. Cette institution avait été créée avec des fonds d'une Fondation Interaméricaine pour créer une Union des Travailleurs. Fort de cette situation, il entreprend, en 1978, l'achat d'actions d'un Fonds d'Investissement Américain adossé à la Fondation, jusqu'à détenir 75 % de la banque en 1984. La signature d'un pacte de participation avec le « Banco Cafetero » de Panama va lui permettre d'utiliser des comptes administrés par celui-ci. Ainsi, les comptes des succursales de « Business Trust » de New York masqueront le blanchiment de dollars sous d'énormes mouvements de capitaux, rapportés par les exportations de milliers de sacs de café produits légalement en Colombie. Parmi quelques exemples, l'acquisition d'un ensemblier automobile, qui avec l'accord de l'ambassade des États Unis à Bogota, a fourni le matériel pour monter plus de 40 magasins de pièces détachées. Le frère de Gilberto, Gonzalo R. s'est chargé d'introduire des dollars en Colombie, cachés dans son hacienda où ils étaient enterrés. Il les utilisait pour payer ses employés, billet par billet. La plus grande partie de sa fortune a été investie en or, bijoux et terres agricoles ou foncières.

Les deux frères étaient soucieux de gagner des espaces et du respect dans l'économie légale. C'est du continent américain que les envois pour la conquête de l'Europe débutèrent. Le *cartel* du « Norte del Valle » témoigne d'un phénomène intermédiaire entre les grands cartels et l'organisation ultérieure des narcotrafiquants sous forme d'entreprises en réseau. Ce *cartel* se situe entre deux générations et en partage certaines caractéristiques : il maintient un certain degré de contrôle, de structuration et de hiérarchie sans parvenir à la maîtrise et à la visibilité des grands cartels. En même temps, il présente un certain degré de flexibilité et de dispersion qui font que l'attribution de l'adjectif « cartel » ne puisse être appliquée que par extension. Cette organisation s'est caractérisée par son profil bas et par les limites géographiques de son action. Les narcotrafiquants du « Norte del Valle » n'ont pas non plus représenté une grande concurrence. Rien ne leur a été imposé. Les intermédiaires de l'Europe occidentale devaient forcément avoir le même profil, la même philosophie rassurante pour éviter la guerre des cartels. Pour rassurer, ils ont « pignon sur rue ».

Une liste fut retrouvée aux mains de Gonzalo quand il « tomba » une première fois. Elle offre une plus grande clarté. Selon la Brigade des stupéfiants, elle consigne les soutiens sollicités par Gonzalo en vue de la campagne présidentielle d'un dirigeant européen. Vingt groupes y sont inscrits. Le « Groupe don Sanchez », n'a pas laissé indifférent d'autres services de la police et notamment la « police des polices » qui regroupe à la fois l'Inspection Générale de la Police Nationale (IGPN) et l'Inspection Générale des Services (IGS). Au sein du « Groupe don Sanchez », après avoir décrypté les surnoms d'emprunt, on peut y trouver Francis, le frère de Mado, en qualité « d'ouvreur » du territoire marseillais et d'autres localités de Provence.

Au cours d'une garde à vue, dans les locaux de la « police des polices » côté IGS, plusieurs fonctionnaires, placés sous les ordres d'un commissaire local, ont précisé avoir été « mis sous pression » par ce dernier. La pression n'était pas sur une « affaire », celle qui aurait pu déboucher sur le démantèlement du groupe, par exemple. La pression réside dans le fait d'être avec le commissaire ou pas. « Ne pas être avec lui, c'est être mis à l'index », a affirmé d'emblée un des enquêteurs auditionnés. Ainsi, les policiers de la direction de ce commissaire étaient catalogués « cool », « moins cool » ou « raides », lorsqu'ils adhéraient ou non à ses pratiques. Plusieurs d'entre eux, dont Manu qui est sous les ordres de ce commissaire, ont également précisé avoir été sollicités par leur chef, à plusieurs reprises, pour récupérer de la drogue. La dernière demande de récupération remontant au mois de mai 2011, après la prise de 100 kg de résine de cannabis et de quelque 500 vasodilatateurs prescrits en cardiologie. Ils sont cette fois utilisés dans un but aphrodisiaque et ils créent, en raison d'un sentiment éphémère de toute puissance, un état de dépendance tout autant physique que psychologique.

Le « cadeau » relève apparemment de pratiques ancestrales. Il s'agit d'offrir un produit recherché par bon nombre d'indics, qui pour leur propre consommation ou pour la revente, bénéficient d'un « donnant-donnant ». Leur implication réside en des renseignements de tout premier plan. C'est la qualité de ceux-ci qui établit le prix et donc, le volume du « cadeau ». Aslan bénéficie de ces présents. Plus que consommateur, il est un revendeur. Il espère des ressources suffisantes pour des papiers officiels. Ils ne pourraient d'ailleurs qu'en avoir l'apparence, si le faussaire de l'Étang de Berre passe par là. À la demande de qui ? Jeanba connaît-il ses pratiques ? Manu en a-t-il parlé à Jeanba ? Et son père, Francis, a-t-il édifié son fils du passé ?

Chapitre 4
Redistributif

La redistribution des richesses est un ensemble de transferts économiques entre les acteurs économiques d'un territoire, entreprises et citoyens, organisés par les autorités politiques en fonction de leurs buts.

Francis poursuit, depuis toujours, à savoir dès son premier mandat dans les années 90, il avait alors 40 ans, quelques-uns de ces buts pour étayer sa position de parlementaire, proche de la population. Ainsi, pour les aspects prioritaires : la réduction de la stratification sociale, la justice sociale de façon à réduire les écarts de richesse entre les individus, la cohésion sociale pour la paix sociale, la solidarité, imposée, afin de financer les versements des prestations sociales, la lutte contre la pauvreté, la politique nataliste et le développement économique.

Lorsque la pauvreté prend le pas sur l'ensemble, les « cartes ne se battent plus de la même manière », la faillite de la démocratie peut même poindre à l'horizon de quelques années, surtout quand des « missionnaires de l'extrémisme » s'en mêlent.

La pauvreté caractérise la situation d'un individu qui ne dispose pas des ressources réputées suffisantes pour vivre dignement dans une société et son contexte. Insuffisance de ressources matérielles affectant la nourriture, l'accès à l'eau potable, les vêtements, le logement, ou les conditions de vie en général. Mais également insuffisance de ressources intangibles telles que l'accès à l'éducation, l'exercice d'une activité valorisante, le respect reçu des autres citoyens ou encore le développement personnel.

Des mesures dévoilent deux regards sur le problème de la pauvreté, deux approches politiques qualifiées de socialistes ou de libérales. À travers le prisme socialiste, la pauvreté pose avant tout un problème d'exclusion ; l'homme ne se réalise qu'au sein de rapports sociaux et les inégalités de richesse sont des sources de discrimination. La vision libérale donne elle la primauté à l'individu, l'important étant la satisfaction de ses besoins fondamentaux. Cela engendre souvent un cercle vicieux.

La pauvreté oblige à se loger à bas prix, donc dans des quartiers ayant mauvaise réputation, où il y a peu de travail et une offre éducative dégradée, une criminalité sinon plus élevée du moins plus violente, une prévention médicale moins active, etc. Les chances de trouver une rémunération par le travail sont moindres, la tentation plus forte de faire appel au travail illégal, « au noir », à des sources de revenus illusoires : loteries, paris ; ou dangereuses : crime, drogue ; ou encore dégradantes : prostitution, les risques d'accidents sont plus importants, et l'exploitation par les mafias, ou groupes organisés, sont des facteurs de désocialisation, voire d'une insécurité à la fois personnelle et globale.

Ce phénomène peut toucher les enfants et les adolescents, qui dans un tel contexte commencent leur vie avec un handicap, même si le pire n'est nullement atteint pour eux. Dès lors, c'est l'avenir de l'homme qui se trouve entamé. Il faut mettre en œuvre suffisamment de cohésion entre les personnes et un projet de société qui met l'accent sur la lutte contre les inégalités et toutes les formes d'exclusion ou de discrimination. C'est la cohésion sociale.

Elle a pour but de contribuer à l'équilibre et au bon fonctionnement de la société. La lutte contre les inégalités cherche au contraire à corriger les déséquilibres produits par la société. Ceci peut également désigner la possibilité à chaque citoyen de participer activement à la société et d'y retrouver sa reconnaissance. Aussi, la participation a un sens différent de l'un à l'autre des humains. Sans se poser les questions du sens, pendant peu ou prou d'années de scolarité, met en péril la cohésion mais surtout la paix sociale. S'installent alors d'autres protections, d'autres protecteurs, selon une organisation parallèle : la Mafia.

La Mafia est une organisation criminelle dont les activités sont soumises à une direction collégiale occulte et qui repose sur une stratégie d'infiltration de la société civile et des institutions. On parle également de système mafieux. Les membres sont appelés « mafieux ». La Mafia fonctionne sur un modèle d'économie parallèle ou souterraine. Elle cherche à contrôler les marchés et les activités où l'argent est abondant, circule en numéraire (argent liquide) et est facile à dissimuler au fisc. La plupart des activités commerciales usuelles sont utilisées. Soit comme paravent à des activités illégales ou comme moyen de blanchiment de l'argent récolté.

En général, la Mafia préfère recourir à l'intimidation, la corruption ou le chantage plutôt qu'à la force pour contraindre ceux qui lui résistent. De cette manière, elle attire moins l'attention du grand public sur elle. Mais il arrive régulièrement que pour se débarrasser de concurrents, de témoins gênants ou de traîtres, les mafias usent de méthodes sanguinaires : guerres de gangs pour la prise de contrôle d'un territoire ou d'un marché, assassinat de témoins, de complices ou de juges avant un procès, en sont quelques exemples. Mais ce fonctionnement est souvent régi par une Commission dirigée par les chefs et parrains d'un vaste territoire. Chaque protagoniste dirige alors un secteur. Cette Commission peut être basée sur un système démocratique avec une constitution et des lois ou sur un système despotisé. **Les Bouches-du-Rhône est un centre historique du « Milieu ».**

Pour beaucoup, Marseille est la capitale de la « Pègre ». Il n'en est en vérité rien, Paris et sa région cultivant depuis toujours une place de premier plan. Il est en revanche indéniable que la cité phocéenne ait un long passé criminel.

Ville multiethnique, son « Milieu » se devait de l'être lui aussi : Corses, Italiens, Gitans, Pieds-Noirs, Arabes, Comoriens, Arméniens... Des quartiers populaires tels que Le Panier et la Belle-de-Mai ont fourni à la ville nombre de voyous, tandis que le quartier de l'Opéra a longtemps été le territoire de la « crème du Milieu ». Mais depuis une quinzaine d'années, c'est plutôt du côté des quartiers nord qu'il faut se tourner, avec des cités comme Fontvert (14°), la Castellane (16°), la Solidarité (15°), les Micocouliers (14°), ou encore la Cayolle (au sud, dans le 9°). Le business y est géré par des hommes surtout originaires d'Afrique du Nord, mais pas seulement, puisqu'on compte aussi bon nombre de Gitans ou des Comoriens. Dans tout le département se côtoient ainsi à la fois les équipes de cités, les « tradis » venus du braquage, et les Corses.

Le reste des Bouches-du-Rhône compte également d'autres coins à haute densité criminelle : la zone de l'Étang de Berre (Martigues, Istres, Port-de-Bouc, Fos...) où le business des machines à sous a fait des ravages. Salon-de-Provence d'où sont originaires un certain nombre d'équipes, ou encore Gardanne qui est également bien pourvue. Enfin, Aix-en-Provence, où l'argent est dépensé, voire permet le placement de machines à sous, ou encore est investi dans des bars, boîtes de nuit et restaurants.

À travers une analyse plus historique, on peut insister sur la légitimation populaire de l'organisation et son rôle supplétif à l'État dans la gestion de la violence et du contrôle social. Grâce à l'argent de la drogue, la Mafia s'est autonomisée par rapport au pouvoir. Ce trafic de drogue l'a certes amené à perdre une partie de son caractère populaire et à se scinder en deux organisations différentes. Depuis les années 70, le transfert de l'argent illicite est investi dans la gestion des fonds des caisses locales et des fonds d'aide aux mains des autorités décentralisées. Agissant par pression sur les entreprises ou directement en liaison avec certaines autorités locales, la Mafia est passée d'une coïncidence d'intérêt avec ces autorités dans la gestion de l'illégalité, à une osmose avec elles. Ce qui lui permet d'agir en toute légalité. Voilà le moment de la rencontre de Francis avec cette organisation. En passant de l'État, alors qu'il était l'assistant d'un ministre, à son département, il a gardé les « amis » de Paris et en a connu d'autres en Provence, présentés par des Parisiens associés. Croiser des hommes proches de Mado, de son passé, c'était aussi faire en sorte qu'elle puisse se reconvertir. C'est le cas. Depuis trente-sept ans, elle est aide-ménagère auprès de personnes vieillissantes et souffrantes. Cette même année de 1975, elle trouve aussi ce logement meublé, de deux pièces, tout confort, situé Chemin de la Digue au Ranquet, à Istres. Mado avait alors 23 ans. S'éloigner de la prostitution à cet âge reste rarissime.

Quant à Francis, âgé alors de 25 ans, il pensait que la distance avec la région PACA (Provence-Alpes-Côte d'Azur) le verrait être oublié. Quinze ans plus tard, après quelques campagnes de communication, son passé le rattrapa. Le « Groupe don Sanchez » lui demanda des services qu'il ne pouvait refuser, au risque de voir Mado mais aussi sa famille en général, souffrir ou mourir. Mado et Francis, au gré de ce parcours de vie compliqué et difficile, ont reporté leurs espoirs de bonheur et de paix intérieure, sur leurs enfants. Par Jeanba et Manu, l'épanouissement et la plénitude ont atteint un niveau inespéré.

Chapitre 5
Accusatif

Au terme de quinze mois de procédures et de dix-huit heures d'audience, il ne reste pratiquement rien des poursuites engagées devant le Tribunal de grande instance (TGI) de Marseille contre Jeanba, jugé pour avoir hébergé et servi d'intermédiaire financier à Aslan. Plus précisément, il a été mis en examen pour « aide à l'entrée, au séjour et à la circulation d'étranger en situation irrégulière, en bande organisée » et placé sous contrôle judiciaire. Jeanba risquait alors dix ans de prison et 750 000 € d'amende.

À 9 heures du matin, le mercredi 16 juin 2010, en audience du TGI, Jeanba a été déclaré coupable d'avoir retiré des mandats postaux pour le compte d'un réfugié sans-papiers, mais il a été dispensé de peine. Au cœur du procès, le délit d'hébergement d'un clandestin n'a pas été retenu à son encontre, le Tribunal ayant estimé que le prévenu avait servi une cause humanitaire.

Dans la salle d'audience bondée malgré l'heure matinale, le jugement a été accueilli avec joie et soulagement par la cinquantaine de personnes venues soutenir Jeanba. Il est à ce jour une figure emblématique de l'association « Extases de vie » qui a pour objet : la prise en charge de personnes souffrant d'addictions et également l'accompagnement d'étrangers en procédure de demande d'asile, pour qui la drogue, notamment, est souvent un premier refuge. Comme l'a expliqué à la barre le capitaine de la Police aux frontières, qui enquêtait alors sur un réseau international d'immigration clandestine à destination de l'Italie, « il soupçonnait Jeanba d'avoir hébergé l'un après l'autre, un passeur notoire d'origine croate, puis Aslan ». L'homme recherché avait quitté les lieux, mais pas Aslan, en situation irrégulière, découvert chez Jeanba. Ce dernier possédait sur lui des bordereaux de transfert de fonds de la Western Union. En servant de prête-nom, « Jeanba permettait au réfugié de retirer l'argent qui leur était envoyé de Tchétchénie pour payer un éventuel passage en Italie », a expliqué le policier. Aux yeux de la Justice, Jeanba se rendait aussi complice des passeurs. L'éducateur spécialisé n'avait de cesse de dire « qu'il avait agi dans le cadre de l'assistance à personne en danger et qu'il n'a jamais touché un centime sur ces transactions ». Le code de procédure pénale n'inscrivait pas cette hypothèse à l'horizon de l'avenir de Jeanba.

La circonstance aggravante d'un acte commis « en bande organisée » n'avait toutefois pas résistée à la bonne foi manifeste des collègues et hiérarchie de Jeanba. Cette dernière qualification avait été abandonnée deux mois avant l'ouverture du procès. Quant au délit d'hébergement des sans-papiers, il s'est effondré au cours même de l'audience. « Plusieurs personnes se sont dévouées dans cette ville pour aider les réfugiés, et la Justice ne leur a jamais demandé de comptes », comme l'a dit à plusieurs reprises le Président du Tribunal. À la barre des témoins, un abbé est d'ailleurs venu narrer qu'il avait lui aussi accueilli, en toute illégalité et avec l'accord d'autorités ecclésiastiques et laïques, 37 réfugiés dans sa paroisse. « Face au malheur à ce point, il s'agit d'ouvrir son cœur », rappelait-il.

Au final, seul le retrait de 14 mandats postaux pour un montant de 5 500 € devait donc justifier, selon le réquisitoire du substitut, une « peine de principe » de trois mois de prison avec sursis, sanctionnant le fait qu'un interdit grave ait été franchi. Non seulement Jeanba ne connaissait pas l'utilisation réelle des fonds, mais ne cherchait pas « à tout savoir », pensant virtuellement qu'il s'agissait surtout d'améliorer un ordinaire bien sombre. Son avocat a fait observer au Tribunal que « cet argent aurait tout aussi bien pu servir à payer un visa, ou à rémunérer un avocat pour effectuer une demande d'asile ». Le métier de Jeanba relève, pour grande partie des éléments échangés, du secret professionnel. Celui-ci a pour objectif d'assurer la confiance qui s'impose à l'exercice de professions qui ont une fonction sociale, telles celles dédiées aux soins, à la défense, à l'aide ou l'accompagnement social. L'avocat s'est plu également à souligner que « les assistants de service social étaient même assujettis au secret professionnel absolu », ce qui dans ce cas aurait mis la Police, puis le Tribunal dans des difficultés accrues pour porter, à terme, une décision de Justice. La violation de la confidentialité suppose en effet une trahison de la confiance, que la révélation ait été écrite ou verbale.

Les mois ont passé, mais l'indignation est restée bien perceptible dans la voix de l'éducateur, qui n'a « jamais compris » ce qu'on lui reprochait. Jeanba d'ajouter : « nous faisions tout au vu et au su de tout le monde, avec des rendez-vous hebdomadaires avec les autorités. Celles représentantes de l'association : direction ou administrateurs, mais aussi auprès d'autres relevant du cadre institutionnel ».

Aujourd'hui, en ce début d'automne 2011, Jeanba se rappelle le contrôle judiciaire dont il a fait l'objet. Les suspicions de son chef de service ou de son directeur. Les soutiens de ses collègues qui lui paraissaient trop compatissants… quand il se mettait à douter de tout. L'interdiction de certains actes auprès des demandeurs d'asile, ne serait-ce que d'aider au service des repas. Certes, il s'en veut de quelques-unes de ses réactions. Il a beaucoup réfléchi à ce qui lui était arrivé et a construit les repères et les tenants du déclenchement de l'affaire… tout au moins, identifié les acteurs principaux, à savoir : le chef de service du secteur « demandeurs d'asile » (D.A) de l'association « Extases de vie » et Manu, son cousin inspecteur.

Quelque temps avant le début juridique de l'affaire, Jeanba était convoqué de manière informelle, par le chef de service des D. A. Celui-ci se proposait de lui soumettre des faits vérifiés et indéniables sur la mauvaise qualité de son travail. Lors de cet entretien informel et factuel, il y avait, heureusement, un responsable opérationnel de l'équipe du service « addictions » dont Jeanba relevait. À la fin de cet entretien, Jeanba a formalisé par email ce qui s'était dit, et a proposé une période de suivi à la fin de laquelle, serait fait un bilan. Le chef de service ne voulant pas de la présence des syndicats dans la « boucle », ce qui l'a amené à accepter la présence d'un tiers, lors de l'entretien. Au début de ce rendez-vous, le chef de service lit une lettre. Cette lettre dit un certain nombre de choses : « que Jeanba l'a menacé, alors qu'il lui reprochait une prise en charge inadaptée auprès d'Aslan ; qu'il a eu des migraines chroniques à la suite de deux évanouissements dus à l'attitude professionnelle irréfléchie de Jeanba ; qu'il est en dépression et qu'il ne parvient plus à gérer sa vie professionnelle, et aussi personnelle, suite à des difficultés dans son service, depuis les actes intolérables de la part de Jeanba ; que Jeanba a refusé trois entretiens informels lui donnant l'occasion de s'expliquer ».

Jeanba a bien entendu été extrêmement indigné car tout cela était faux. Jeanba a dit alors « qu'il porterait plainte au pénal ». Ces accusations étaient graves et diffamatoires et surtout dangereuses pour lui puisqu'il était censé avoir menacé un responsable hiérarchique, au-delà de tous les maux qu'il lui causait, consécutifs à ses soi-disant agissements.

Néanmoins, comme le chef de service a eu peur de cette issue, il a souhaité étouffer l'affaire. Il a demandé au responsable opérationnel qui accompagnait Jeanba, un suivi de quelques mois pour acter des améliorations.

Jeanba n'est jamais parvenu à avoir le compte rendu de la réunion, ni même la copie de la lettre lue par le chef de service. Il ne pouvait pas envoyer un email à son directeur en lui relatant les propos graves et diffamatoires tenus durant l'entretien à son encontre. Les accords de fin d'entretien ne le permettaient plus. Il ne pouvait pas non plus rester sans réaction au vu de ces accusations graves. Jeanba pensa alors déposer une main courante, soulignant l'absence de compte rendu de réunion officialisant les propos du chef de service, en adjoignant le contenu de son email qui relatait les faits reprochés. Il pensait que cette pièce augurait forcément de sa bonne foi, dès lors où c'était lui-même qui la joignait au dossier. Quoi de mieux que de « livrer » l'ensemble des éléments à Manu et d'établir la main courante en suivant ses conseils ?

La démarche fut alors globalement effectuée comme initialement envisagée. Manu lui a parlé, avec insistance, du contexte difficile de son travail. Jeanba n'a pas hésité à lui dire la complexité accrue depuis des textes législatifs et des mesures d'expulsion qui se durcissent. Manu, de corroborer ses propos par des attaches entre « passeurs » et « clandestins ». Jeanba n'a pu que confirmer que cet aspect des réalités concernait bien plus son cousin, les services de la Préfecture de police et d'autres administrations, que son association ou son propre quotidien professionnel. Quand une convocation au commissariat l'a amené en garde à vue, pendant 48 heures, et à la confrontation de photos et copies de mandats postaux, avec interrogatoires de plus en plus âpres de la part d'enquêteurs de la Police Judiciaire, de la Police aux frontières et de la Surveillance du territoire, Jeanba n'a pas de suite fait le lien avec ces échanges amicaux entre Manu et lui.

À ce jour, son cousin lui dit qu'il s'agissait surtout de le sortir de cette ornière où il s'était mis, par naïveté, contrairement au professionnalisme auquel Jeanba fait référence. Que la complicité du chef de service du secteur des D. A. avait permis d'impulser cette issue. Que l'argent, qu'Aslan a reçu, était versé au faussaire de l'Étang de Berre et que s'il doit en effet être question du professionnalisme de Jeanba, Aslan doit, quant à lui, accepter un honnête « face à face » et des conditions d'accompagnement conformes au contrat de suivi social qu'il a signé. Il est évident que les faits et les actes vécus par Jeanba, le rendent plus mature et font de lui, un solide professionnel du travail social. Si le mot travaille trouve son sens moderne dans le vocable « se donner de la peine pour et selon », le travail social relève aussi d'un contexte historique, technique et réglementaire.

En 1959, les Nations Unies définissent le travail social comme étant « une activité visant à aider à l'adaptation réciproque des individus et de leur milieu social ». Cet objectif est atteint par l'utilisation de techniques et de méthodes destinées à permettre aux individus, aux groupes, aux collectivités de faire face à leurs besoins, de résoudre les problèmes que pose leur adaptation à une société en évolution et grâce à une action coopérative, d'améliorer leurs conditions économiques et sociales.

Le travail social est une notion complexe, qui peut prendre plusieurs formes et aux sens divers et variés. En effet, le travail social recoupe une série d'acteurs, d'institutions, d'interventions relativement disparates. La recherche scientifique, apparue dès les années 70 et portant sur ce domaine, a d'ailleurs permis d'unifier un ensemble de pratiques hétérogènes et morcelées sous le terme générique de « travail social ». Parmi cette recherche, l'on cite régulièrement cet essai de définition : « le travail social, c'est le corps social en travail ». Par ailleurs, assimiler le travail social à un seul mécanisme de contrôle est sans aucun doute une tentation, voire la critique la plus récurrente à laquelle doivent faire face les travailleurs sociaux. À celle-ci s'ajoute celle qui consiste à qualifier le travail social d'instrument de reproduction : reproduction des rapports sociaux, des logiques de domination, de l'idéologie au pouvoir.

Au-delà de ces deux horizons scientifiques, force est de constater qu'aucun consensus n'existe s'agissant de définir les techniques et les référents théoriques du travail social. Et pourtant, le Conseil Supérieur du Travail Social propose de définir le travail social à partir de ses propres objectifs. Ceux-ci consistent à « retisser des liens entre individus et groupes sociaux qui pour des raisons diverses se situent en dessous ou en dehors des normes de la collectivité de référence ». La Fédération Internationale des travailleurs sociaux est plus prolixe encore. Elle définit la profession d'assistant social ou de travailleur social comme celle qui « cherche à promouvoir le changement social, la résolution de problèmes dans le contexte des relations humaines, la capacité et la libération des personnes afin d'améliorer le bien-être général ». Enfin, et de façon assez large, le travail social renvoie à « l'ensemble des interventions visant à assister, aider, accompagner et éduquer les populations considérées comme les plus vulnérables ». Ce renvoi permet d'intégrer sous le terme « travail social » des activités aussi diverses que l'accueil d'un candidat réfugié, l'animation de rue dans un quartier, le suivi d'un locataire social ou encore la médiation entre un citoyen et son administration communale.

L'action menée aux côtés d'Aslan entre tout à fait dans le contexte de l'activité de l'association « Extases de vie », déléguée à Jeanba. La complication, après le rejet en première instance, de la demande d'asile par l'OFPRA, réside en une juxtaposition malheureuse avec l'affaire concernant Jeanba et, implicitement, Aslan. Le premier a été jugé par le TGI, pendant que dans le même délai, le second est dans l'attente de la convocation de la Cour d'appel. Aslan pense donc être en position très fragile. Ce qui nourrit abondamment son anxiété.

Chapitre 6
Destructif

Pour cette treizième rencontre entre Aslan et Jeanba, il est enfin possible de mettre en œuvre l'accompagnement qui doit permettre d'engager un parcours thérapeutique et psychologique et tenter d'arrêter la consommation d'héroïne couplée à d'autres telle que l'alcool. Aslan avait craqué lors du précédent rendez-vous. L'échange s'était conclu alors que Jeanba proposait d'avancer vers le soin, par un premier temps de substitution fait de prise de méthadone. Aslan l'avait accepté. La méthadone est utilisée depuis 1960 comme substitut des opiacés chez les consommateurs d'héroïne. Son utilisation est légale en France depuis 1995. En tant qu'analgésique narcotique, la méthadone est utilisée pour soulager des douleurs sévères qui suivent les premiers temps de sevrage. Trente-cinq minutes de retard de la part d'Aslan, c'est pour Jeanba une première, au point qu'il a déjà tenté, par trois fois, de le joindre, pour entendre le message du mobile lui demander de « laisser son numéro pour être rappelé rapidement ».

Jeanba fut rappelé. Par Manu, l'informant qu'Aslan avait été découvert mort, le corps gisant au bout du quai du petit port de la Madrague à Marseille. De gigantesques monceaux de filets y sont empilés sous des bâches de fortune et entassés dans des espèces de conteneurs, utilisés au passage en guise de poubelles. C'est entre ceux-ci que la découverte macabre donna lieu à un appel d'un des pêcheurs.

Le médecin constatant le décès a fait obstacle à l'inhumation afin qu'une procédure judiciaire soit mise en œuvre. La mort était située vers une heure du matin.

Les résultats de l'examen toxicologique établissent les raisons de la mort : surdose, encore dénommée overdose, d'héroïne. Il existe quelques rares cas d'overdose de drogue. La quasi-totalité de ces cas vise intentionnellement le suicide par des mélanges. Les overdoses de drogue sont des empoisonnements dus aux résultats de coupe entre produits ayant les mêmes effets et qui vont se renforcer dans leur action. Les overdoses de drogue surviennent aussi à la suite de périodes d'abstinence ou dans les polytoxicomanies. Cette polyconsommation est un mode de consommation de substances psychotropes, souvent illégales, qui consiste à associer différentes substances afin d'en renforcer ou modifier les effets. Cette consommation concerne souvent des produits susceptibles d'induire une dépendance.

Jeanba se projeta dans cette analyse de deux manières. Il pouvait penser qu'Aslan faisait de véritables efforts pour, à terme, ne plus consommer d'héroïne. Une surdose après une longue période d'abstinence est envisageable, d'un point de vue clinique. Vingt jours se sont écoulés entre le douzième et treizième rendez-vous. Des engagements ont été amorcés. La seconde analyse relevait plus d'un produit « coupé » de substances frelatées. L'autopsie du corps renforça cette dernière.

La procédure judiciaire permit alors de remonter vers des témoignages. Ceux de deux sans-abri venus un peu plus tard que d'ordinaire à cet endroit du port de la Madrague, pour se nicher entre bâches et filets de pêcheurs. Le bruit d'une voiture a attiré leur attention. Les enquêteurs ont fait peser sur eux des soupçons d'alcoolémie trop avancée. Ils furent surpris quand l'un d'eux leur donna le numéro de la plaque minéralogique de la voiture, retiré de sa poche.

Riton vit arriver deux véhicules de la Police à six heures en ce matin de début d'automne. La position de son cabanon de bout du chemin de la Digue ne l'autorisait qu'à une fuite… par l'étang, puis la mer. Il en sourit. Il ne fallut pas plus que seize heures d'interrogatoire de la première journée de garde à vue pour que Riton avoue. Il ne connaissait pas Aslan, mais le faussaire du tour de l'Étang de Berre, chez qui Aslan arriva pour un avant-dernier paiement qui augurait de la livraison imminente de ses faux papiers. Riton était présent. Son engagement au Front national vient renforcer son état d'esprit. Il a pour particularité d'être associé à la stigmatisation et au rejet. Ce type d'engagement est supposé être combiné à un coût social élevé de la marginalisation, correspondant à une désintégration progressive de la société civile. Depuis la mort de Sophie, sa fille chérie, après avoir reçu le VIH d'un « junkie » qui lui avait caché sa séropositivité, Riton s'était promis de poursuivre, à sa façon, un objectif en quelque sorte démultiplié ; à savoir : « venger sa fille en se débarrassant des toxicomanes croisant son chemin ». Le seul discernement de sa part étant de mesurer le degré de dépendance de son interlocuteur du genre. Il pense en avoir la capacité. Il jugea qu'Aslan était sans volonté de « s'en sortir ». Riton proposa à Aslan de le ramener à Marseille, alors qu'il s'y rendait pour la soirée. Quelques verres de vodka plus tard, vers une heure du matin, il administra à Aslan, comateux, sa dernière dose, faite de mélanges auxquels aucun héroïnomane ne peut résister. La marque se confondant aux nombreuses autres du bras, il pensa que cette fois encore, la mort serait liée au suicide d'un jeune homme au passé et à l'avenir plus que troubles et incertains. Il s'exposait aussi de plus en plus à des cauchemars, des insomnies totales et des prémices de schizophrénie.

Jeanba en resta à la mort d'Aslan, donnée par son parrain, un ancien voyou du « milieu marseillais ». Bien sûr, il aura appris entre temps son engagement politique. Il l'a plus défini comme un droit privé, car les raisons connexes ne pouvaient être comprises que si elles étaient précédées d'explications plus détaillées, provenant de Mado, sa maman. Celle-ci a gardé le secret de la paternité et a noyé la vérité au fond de l'étang qui borde en grande partie le chemin de la Digue… là où finalement quelque chose de Riton s'est enfui. Elle le lui a dit lors d'une visite à la prison des Baumettes, où il a été placé en « préventive », dans l'attente du jugement en Cour d'Assises. Il y trouvera certainement la mort. Il risque la perpétuité, voire « pas moins de vingt ans incompressibles », dit son avocat, selon la confusion de peines relevant de trois autres des assassinats qu'il a commis. Ils étaient restés jusqu'alors non élucidés. Ils l'ont été à l'occasion d'aveux qui justifient la motivation de Riton. Celle de se libérer d'un enfermement personnel qui était devenu insupportable… la prison, en quelque sorte, l'acquitte de ce poids psychologique, pendant qu'il clame, « aux oreilles du monde », les raisons profondes de ses actes.

Chapitre 7
Décisif

Riton avait bien posé la question à Mado sur les raisons de sa « mauvaise mine ». Le teint était blafard. Les yeux cernés comme jamais. À bientôt 60 ans, début de 2012, il était anormal d'être aussi marquée. Mado lui répondait que les soucis s'accumulaient et que ses nuits étaient peu réparatrices. Que ses journées d'aide-ménagère ne lui permettaient plus de faire la sieste de vingt à trente minutes, qu'elle affectionnait tant, il y a encore trois ou quatre ans. À la mi-octobre, Mado mourut, d'un infarctus.

Un infarctus est défini par la mort brutale et massive de cellules, en rapport avec un manque d'oxygène. La cause de loin la plus fréquente est la formation de plaques lipidiques qui les obstruent progressivement. En se détachant ou en se fissurant, ces plaques peuvent provoquer l'apparition d'un caillot sanguin qui va boucher le vaisseau. Parmi les facteurs de risque concernant Mado : l'hérédité, son père est mort d'un même arrêt cardiaque, la sédentarité, le tabagisme, l'obésité, l'excès de lipides et de sucres, qui a causé son diabète et enfin, l'hypertension artérielle. L'ensemble des éléments relavant d'une vie dissolue, penseront les plus conventionnels. En aucune manière, cette conclusion n'est aussi radicale. Les pleurs et les épreuves, les manques et les privations, ont modelé Mado, ces dix dernières années, de son corps à son équilibre mental.

Aux obsèques de Mado, constituées d'une incinération souhaitée par elle, son frère Francis et son fils Jeanba ont insisté pour le « crier » aux quatre autres personnes présentes. Mado n'avait plus d'amis depuis qu'elle s'était recluse et aussi depuis qu'elle n'avait plus à offrir que de l'amitié et de l'amour vrai. Ce sont là des richesses qu'il faut savoir repérer et qui font du capital humain, une valeur sûre pour traverser les années. Peu d'êtres en sont capables, quand il faut les investir pendant la vie de celle ou celui qui est chéri.

Jeanba s'est toujours nourri de ces valeurs et vérités. Son engagement professionnel est né de celles-ci. Dans un moment aussi particulier que la mort d'un parent, Francis et lui ont pu établir les effets parallèles de telles circonstances et de ce travail. Ils résident en la foi en l'homme et en ses capacités.

Quelques résultats de réussites de personnes confiées à l'association « Extases de vie » ont été alors échangés. Chaque année, c'est quinze toxicomanes d'hier qui deviennent des sujets qui assument le présent et l'avenir, forts de parcours que cependant ils ne renient pas. Cette notion d'insertion permet de décrire la relation d'assistance traditionnelle en inversant le sens : ce n'est plus le professionnel qui impose sa volonté, mais la personne considérée comme « marginale » qui exige l'obtention d'un droit. L'insertion figure ce modèle moderne de l'intervention sur soi, avec et pour autrui, vidant de tout contenu moralisateur les mesures correctrices associées au travail social. La pratique professionnelle est fondée sur la reconnaissance implicite du fait que le marginal veuille « s'en sortir ». L'exemple de l'abandon de la toxicomanie est certainement le plus marquant aux yeux de la société.

Il ne faut cependant pas rester simple « voyeur » de cette situation, mais participer, « là, où et comme » on le peut, aux formes de restauration du lien social auxquels les toxicomanes peuvent avoir recours pour rompre avec le mode de vie du drogué. C'est, d'abord en ne classant pas les personnes en souffrance comme difficiles de proximité. C'est aussi, ne pas avoir peur et rester lucide, quant au fait que de cette souffrance sociale, beaucoup, et surtout trop de nos enfants en meurent.

Il existe une notion de tolérance socioculturelle, selon laquelle dans un pays où une substance est produite ou transformée et donc, généralement consommée, un état d'équilibre relatif s'installe entre cette substance et les usagers. Ce produit est intégré dans un rituel social, mystique ou religieux. Ce rituel s'accompagne d'une tradition de l'usage du produit véhiculant des prescriptions d'utilisation, les quantités à utiliser, les dangers relatif à l'usage, etc. Cette tolérance socioculturelle explique le fait que certains produits hautement accoutumants et générant des problèmes de santé publique soient considérés comme relativement inoffensifs échappant parfois à toute réglementation dans certaines parties du monde. La vision populaire de la toxicomanie évolue aussi à mesure des avancées de la science ou des réglementations. Jusqu'aux années 60, la toxicomanie est à peu près considérée comme un problème anecdotique. Dans les années 70, la consommation problématique explose dans les pays occidentaux pour devenir un problème de santé publique alors que dans le même temps se met en place une réglementation internationale. Le toxicomane de l'époque était alors souvent considéré comme un malade, victime de sa consommation, contraint à la délinquance et dont le seul salut consistait en à l'abstinence. Heureusement, des psychiatres ont su faire évoluer cette vision.

Le toxicomane occidental de l'époque utilise souvent une gamme de produits précis, à la recherche d'effets précis, stimulants, psychédéliques ou calmants. Le développement rapide de ce type de toxicomanies laisse souvent les professionnels démunis, le domaine de connaissance étant peu développé ; la prise en charge relève le plus souvent soit des services de psychiatrie, soit des communautés thérapeutiques. La psychothérapie d'inspiration psychanalytique, individuelle ou de groupe est alors parmi les techniques de traitement ambulatoires les plus répandues auprès des toxicomanes avec celle des traitements résidentiels. Ces techniques, et le discours qui les accompagnent, vont peu à peu devenir une sorte de prisme à travers lequel les conduites toxicomaniaques commencent à être comprises et expliquées. Les explications psychopathologiques ne manquent pas, mais les difficultés de traiter ces patients ne se laissent guère surmonter. Leur engagement dans des psychothérapies est souvent aléatoire, les rechutes fréquentes ce qui fait qu'une certaine résignation commence à gagner les praticiens psychiatriques qui se mettent alors à recourir aux solutions de substitution. C'est donc dans les années 80, que l'apparition du SIDA (le syndrome de l'immunodéficience acquise), puis d'hépatites, obligent à un changement radical de stratégie par la mise en place des politiques de réduction des risques.

La priorité apparaît dès lors, plus lentement dans certains pays, la France en particulier, de limiter la diffusion du SIDA plutôt que d'éradiquer les consommations.

Une conversation qui ne restera pas sans lendemain. Francis décida de créer un centre de postcure pour toxicomanes. Il négocia un espace foncier suffisamment à l'écart des habitations de Saint Antoine (15° arrondissement de Marseille), mais pas trop des transports en commun, notamment métro et bus. Il organisa un appel d'offres pour le choix d'un architecte.

À ce jour, le planning des travaux prévoit un début de construction au printemps de 2012. Un bar sans alcool sera situé au centre de la salle d'accueil des familles ; il s'appellera « Chez Mado ».

Une postcure est un hébergement thérapeutique résidentiel. Elle permet une transition entre l'hospitalisation et le retour à domicile par suivi médical, psychologique, éducatif et social et un retour progressif à la vie en groupe, visant à la réinsertion sociale et au retour à l'autonomie. Jeanba en sera le chef de service, alors que depuis quelques semaines il dispose du diplôme requis : le CAFERUIS (Certificat d'Aptitude aux Fonctions d'Encadrement de Responsable d'Unité d'Intervention Sociale). L'association « Extases de vie » trouve là un partenaire inespéré pour accroître les moyens de travail et les résultats attendus. Les services de l'État ont également adhéré au projet, ceci dans le cadre de la lutte contre les drogues et les toxicomanies.

Adopté le 8 juillet 2008, le nouveau plan gouvernemental de lutte contre les drogues et les toxicomanies s'est fixé l'horizon 2011 pour faire reculer les consommations de drogues illicites et les consommations excessives d'alcool en France. Les 193 mesures du plan se répartissent en cinq grands axes de politique publique : Prévention, communication, information (38 mesures) – Application de la loi (41 mesures) – Soins, insertion sociale, réduction des risques (69 mesures) – Formation, observation, recherche (30 mesures) – International (15 mesures).

Concernant l'axe « Prévention », la priorité du plan est d'éviter les entrées en consommation de drogues, le rajeunissement de l'âge moyen d'initiation aux différentes substances psychoactives étant l'une des tendances récentes les plus préoccupantes. Dans cette perspective, le plan préconise de mettre en œuvre une politique de prévention globale comportant simultanément : des campagnes d'information pérennes sur les conséquences sanitaires et juridiques des consommations, des actions de prévention en milieu scolaire, périscolaire et universitaire mobilisant différents intervenants, des actions de prévention dans le milieu du travail, le renforcement de la confiance des adultes dans leur capacité à protéger les plus jeunes via notamment une campagne d'information, la systématisation de la réponse judiciaire par le biais de stages de sensibilisation aux dangers de l'usage de stupéfiants, la réduction de l'offre d'alcool aux mineurs.

Voilà Francis identifié en qualité de suprême appui pour la mise en œuvre du centre de postcure. Il est surtout le « fabricant de sa propre planche de salut ». L'issue de ce type de parcours reste forcément indécise et critique, dès lors où son passé peut ressurgir à tout moment, par l'apparition d'un ancien compagnon de cartel et de blanchiment d'argent sale… cela augure d'une nouvelle histoire du travail social.

Imprimé en Allemagne
Achevé d'imprimer en janvier 2022
Dépôt légal : janvier 2022

Pour

Le Lys Bleu Éditions
40, rue du Louvre
75001 Paris

www.ingramcontent.com/pod-product-compliance
Lightning Source LLC
LaVergne TN
LVHW050345160826
845677LV00014B/3804

* 9 7 9 1 0 3 7 7 5 0 9 3 8 *